文 劉清彥（阿達叔叔）

三歲時腳被熱水燙傷，在音樂中獲得平撫和安慰，從此
離不開音樂。長大後常常流連劇院欣賞音樂表演，還收
集了一屋子唱片。目前除了創作和翻譯童書，也在電視
臺主持兒童閱讀節目，得過豐子愷圖畫書獎、開卷年度
好書獎和三座金鐘獎。

圖 張蓓瑜

臺北萬華人。東吳德文系、輔大德文所、德國明斯特大
學視覺傳達設計和插畫系畢業。曾榮獲美國 3X3 國際
插畫大獎繪本項目銀牌，入選「德國最美麗的書」，入
選布拉迪斯國際插畫雙年展。從事插畫、繪本創作、書
籍設計、翻譯，並在德國明斯特應用大學插畫系擔任講
師，目前旅居德國。

國家圖書館出版品預行編目資料

我是黑天鵝／劉清彥 文；張蓓瑜 圖
臺北市：親子天下股份有限公司,
2021.08
36面；21x26公分
注音版
ISBN 978-626-305-032-7(精裝)
863.599   110008990

繪本 0276

我是黑天鵝

文｜劉清彥　圖｜張蓓瑜　附錄插畫｜李小逸

責任編輯｜陳毓書　附錄「名人小漫畫」責編｜李寧紜
美術設計｜王慧雯　行銷企劃｜王予農
天下雜誌群創辦人｜殷允芃　董事長兼執行長｜何琦瑜
媒體暨產品事業群
總經理｜游玉雪　副總經理｜林彥傑　行銷總監｜林育菁
總編輯｜林欣靜　資深主編｜蔡忠琦　版權主任｜何晨瑋、黃微真

出版者｜親子天下股份有限公司　地址｜台北市 104 建國北路一段 96 號 4 樓
電話｜（02）2509-2800　傳真｜（02）2509-2462　網址｜www.parenting.com.tw
讀者服務專線｜（02）2662-0332　週一～週五：09:00~17:30
傳真｜（02）2662-6048　客服信箱｜parenting@cw.com.tw
法律顧問｜台英國際商務法律事務所、羅明通律師
製版印刷｜中原造像股份有限公司
總經銷｜大和圖書有限公司　電話：（02）8990-2588

出版日期｜2021 年 8 月第一版第一次印行
　　　　　2023 年 10 月第一版第六次印行
定價｜320 元　書號｜BKKP0276P
ISBN｜978-626-305-032-7（精裝）

訂購服務————————————
親子天下 Shopping｜shopping.parenting.com.tw
海外・大量訂購｜parenting@cw.com.tw
書香花園｜台北市建國北路二段 6 巷 11 號　電話（02）2506-1635
劃撥帳號｜50331356　親子天下股份有限公司

立即購買 >

我是黑天鵝

文·劉清彥　　圖·張蓓瑜

每ㄇㄟˇ到ㄉㄠˋ星ㄒㄧㄥ期ㄑㄧˊ六ㄌㄧㄡˋ，阿ㄚ民ㄇㄧㄣˊ不ㄅㄨˋ必ㄅㄧˋ媽ㄇㄚ媽ㄇㄚ叫ㄐㄧㄠˋ
就ㄐㄧㄡˋ會ㄏㄨㄟˋ早ㄗㄠˇ早ㄗㄠˇ起ㄑㄧˇ床ㄔㄨㄤˊ。

刷ㄕㄨㄚ牙ㄧㄚˊ、 洗ㄒㄧˇ臉ㄌㄧㄢˇ，

換ㄏㄨㄢˋ好ㄏㄠˇ衣ㄧ服ㄈㄨˊ，

下樓吃早餐。

然後，一路蹦蹦跳跳，
去他最喜歡的地方。

他_{ㄊㄚ}開_{ㄎㄞ}始_{ㄕˇ}暖_{ㄋㄨㄢˇ}身_{ㄕㄣ}。

他的步伐柔軟又輕巧。
旋轉的速度又快又穩，
跳躍的姿態就像海豚。

阿民不怕腳趾磨破，不怕膝蓋又青又紫，更不怕一直重複做相同的動作。他只想——

——參ㄘㄢ加ㄐㄧㄚ今ㄐㄧㄣ年ㄋㄧㄢ的ㄉㄜ公ㄍㄨㄥ演ㄧㄢˇ。

為了爭取他最喜愛的角色，
不管什麼時間，什麼地方，
他都在練習。

他不在乎別人指指點點；
不在乎嘻嘻哈哈的笑聲；
也不在乎被叫「舞孃阿民」。

他只是不停的旋轉、

旋轉、旋轉。

他要努力做出連續單足趾尖旋轉。

公演甄選的日子終於到來。
老師問阿民：「你要跳什麼？」
「黑天鵝的連續單足趾尖旋轉。」他說。

所有人都瞪大眼睛看著他。

男生怎麼能跳黑天鵝？

沒有人想看男生跳黑天鵝吧。

有過男生跳黑天鵝？從來沒有。

男生跳黑天鵝，好噁心！

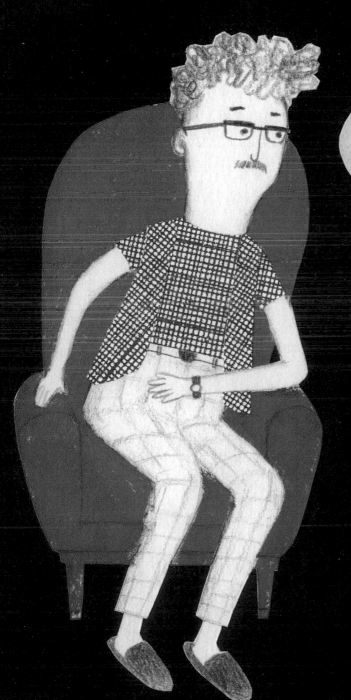

那ㄋㄚˋ天ㄊㄧㄢ，
回ㄏㄨㄟˊ家ㄐㄧㄚ，
阿ㄚ民ㄇㄧㄣˊ躲ㄉㄨㄛˇ
在ㄗㄞˋ房ㄈㄤˊ裡ㄌㄧˇ。
他ㄊㄚ雖ㄙㄨㄟ然ㄖㄢˊ做ㄗㄨㄛˋ
出ㄔㄨ高ㄍㄠ難ㄋㄢˊ度ㄉㄨˋ的ㄉㄜ˙
連ㄌㄧㄢˊ續ㄒㄩˋ單ㄉㄢ足ㄗㄨˊ趾ㄓˇ尖ㄐㄧㄢ
旋ㄒㄩㄢˊ轉ㄓㄨㄢˇ，老ㄌㄠˇ師ㄕ還ㄏㄞˊ
是ㄕˋ要ㄧㄠˋ他ㄊㄚ跳ㄊㄧㄠˋ王ㄨㄤˊ子ㄗˇ
的ㄉㄜ˙角ㄐㄩㄝˊ色ㄙㄜˋ。

練舞時，阿民的腳像是被綁上了鉛塊，抬不高，轉不動，也跳不起來，還不小心害黑天鵝娜娜差點兒跌倒。

「怎麼啦？阿民，」
同學都回家了，只有他
還蹲在角落。
「為什麼娜娜可以跳黑
天鵝，我就不行？」
「因為黑天鵝是女生。」
老師說。
「可是，」阿民說。「黑天鵝
也有公的啊。」
老師笑了。她對阿民
說了句悄悄話。
阿民也笑了。

公演當天，阿民是帥氣又迷人的王子。他被成群白天鵝圍繞，把公主高高托起，還做了好幾次騰空旋轉。

舞臺布幕落下，
觀眾的掌聲震天響，
大家扯開嗓子大喊：
「安可！安可！」

當音樂響起，舞臺布幕又緩緩升起時——
一隻黑天鵝飛了進來。
他跳得好高，轉得好快，舞姿帥氣又迷人，
還做出高難度連續單足趾尖旋轉。

阿民是明日之星！

阿民深深一鞠躬，
全場觀眾紛紛起立鼓掌，
大聲叫好。

阿達叔叔認識一個非常會跳芭蕾舞的大男孩。有一次看他練舞，他表演了一段非常特別的舞蹈。我看完後目瞪口呆的問他：「你怎麼會跳黑天鵝的三十二圈揮鞭轉？這不是女生跳的嗎？」他笑嘻嘻的跟我說：「誰規定只有女生能跳？黑天鵝也有『公』的啊！」說完，我也笑了。

《天鵝湖》中的黑天鵝與白天鵝

黑天鵝是芭蕾舞劇《天鵝湖》中惡魔女兒奧吉莉亞的化身。惡魔為了阻止齊格飛王子愛上白天鵝奧德蒂公主，破除白天鵝的魔咒，讓她變回真正的公主，特別在王子的慶生舞會上，將自己的黑天鵝女兒偽裝成白天鵝，用這段很厲害的獨舞吸引王子的注意和欣賞。

王子也真的把黑天鵝當成公主，愉快的和她跳舞，還宣布她將會成為自己的新娘。直到發現站在窗邊、絕望又心碎的白天鵝，才知道自己受騙了。他一路

追著白天鵝到湖邊，還跳進湖裡拯救白天鵝，最後用忠貞的愛情戰勝魔咒，終於和公主過著幸福快樂的日子。

當《天鵝湖》被譜成芭蕾舞劇後……

一八七一年，俄羅斯的音樂家柴可夫斯基，將這個德國作家莫采烏斯寫的童話故事，編寫成芭蕾舞音樂，送給自己的外甥作為聖誕禮物。甚至後來還譜寫成大型芭蕾舞劇，在俄羅斯最大的劇院上演，和《睡美人》、《胡桃鉗》並稱為三大經典芭蕾舞劇。

《天鵝湖》的主角雖然是白天鵝，但最有名的段落，卻是黑天鵝在舞會中的這段獨舞。「揮鞭轉」，這是一種以單腳保持定點，另一隻腳像鞭子般揮動旋轉的舞蹈動作，要連續旋轉三十二圈，非常非常困難。

因為黑天鵝是惡魔女兒的化身，舞蹈動作又很難，幾乎沒有男生會挑戰這段獨舞。這也是為什麼阿民說要跳黑天鵝的時候，所有人都非常吃驚的原因。不過，阿達叔叔那天看完男生版的黑天鵝後，覺得男生跳黑天鵝，也很帥喔！

男生跳芭蕾舞會很奇怪嗎？

　　很多人會將一個動作、一種運動或一款服裝分成適合女生或男生。那都是因為「刻板印象」造成的。以舞蹈來說，不會有人說街舞是男生的舞蹈，卻會聽到有人說「跳芭蕾舞的男生像女生」。

　　親子天下專訪到高中學芭蕾，工作後轉職幫芭蕾舞者設計服裝的林秉豪，他甚至還開創一個「芭蕾群陰」臉書粉絲團，話題總是圍繞著一群芭蕾舞者，來看看秉豪分享芭蕾舞的祕密吧。

林秉豪「芭蕾群陰」臉書粉絲團

> 芭蕾舞其實是一種高強度體能運動。

秉豪常觀察從小學芭蕾舞的妹妹，發現芭蕾舞最大的特色是舞衣，女生是緊身衣加蓬蓬裙；男生則是全身緊身衣。

不認識芭蕾舞的人，會覺得芭蕾舞是女生的舞蹈。

其實芭蕾舞緣起於義大利民族舞蹈，以前只有男生可擔任舞者！

不只是讓身體隨著音樂舞動，芭蕾舞更強調透過肌肉展現力與美的平衡。

芭蕾舞就跟其他運動一樣，
會根據運動員的性別
搭配適合的服裝、裝備或設計動作。

芭蕾舞者和其他運動員最大的不同是：體態很優雅。

他們會這樣招公車

會這樣拿東西

還會這樣 說話、聊天

不管你是喜歡跳芭蕾舞，或是喜歡欣賞芭蕾舞者的舞姿，
只要能從中獲得樂趣，都是一件很美好的事情。

當然，如果你只是想隨著音樂、節奏擺動身體，
那就盡情跳吧！因為這就是舞蹈帶給我們的樂趣呢。